Mein Hummel-
Jahreszeitenbuch

H615 Drei Wanderburschen

M. J. Hummel®

Mein Hummel-Jahreszeitenbuch

arsEdition

1. Auflage 2002

Text- und Bildauswahl: Bettina Gratzki
Layout und Umschlaggestaltung:
Christina Krutz und Harald Braun, Riedlhütte
ISBN 3-7607-1362-9

www.arsedition.de

Inhalt

Frühling 6

Sommer 34

Herbst 68

Winter 96

Alle Texte von A bis Z 128

H118 Ziwitt – sing mit!

Frühling

Vorfreude

Komm, lieber, goldner Sonnenschein!
Die Sträucher und Bäume, sie harren dein!
O, lass die Strahlen feurig glühen,
dass alle Zweig' und Äste blühen.
Es liebt ein jedes Kind so sehr
Johannis-, Erd- und Stachelbeer
und vollends Kirsche, Birn und Pflaume,
die saftige Frucht vom Apfelbaume.

Isabella Braun

Hutsch he!

Hutsch he! Hutsch he!
Der Ackermann sät,
die Vöglein singen,
die Körnlein springen,
hutsch he! Hutsch he!

H662 März

Vom Kirschbaum

Ist alles ganz kahl und still,
nicht mal im Grase sichs regen will,
steht alles geduckt,
klappert im Frost und muckt
mit dem Winter. Der putzt es mit Raureif auf,
aber keines gibt was drauf.

Doch im Garten
sagt einer: Ich kann warten.
Ist jemand, du kennst ihn wieder kaum,
so dünn ist er worden: der Kirschbaum.
Schläft er nicht?
Trau einer dem Wicht!
Heute Mittag um Uhre eins
gabs mal ein Pröbchen Sonnenscheins:
darin – ich habe
das deutlich gesehn –
mit seinen Knospen
fingerte der alte Knabe,
ein wenig vorsichtig und geziert,
wie man Badewasser probiert.
Und über seine Runzeln
ging ein Schmunzeln.

Ferdinand Avenarius

Ostermorgen

Was seh ich hoch dort blinken
im Morgensonnenglanz?
Die Türmer mit den Zinken
stehn um des Turmes Kranz.

Und hehr und herrlich schallet
der festliche Choral,
das tönet und das hallet
hinab das ganze Tal.

»Christus ist auferstanden,
sieghaft, der Herr und Held,
und von des Todes Banden
erlöset ist die Welt.«

Aus allen Fenstern horchen
die frommen Christenleut:
Du schöner Ostermorgen,
willkommen seist du heut.

»Christus ist auferstanden!«
So jauchzt es weit und breit.
Willkommen in allen Landen,
du heilige Osterzeit.

Friedrich Güll

H377 Osterkirchgang

Osterhäslein

Der Vater spricht:
Drunten an den Gartenmauern
hab ich sehn das Häslein lauern.
Eins, zwei, drei: –
Legts ein Ei,
lang wirds nimmer dauern.

Kinder, lasst uns niederducken!
Seht ihrs ängstlich um sich gucken? –
Ei, da hüpfts –
und dort schlüpfts
durch die Mauerlücken.

Und nun sucht in allen Ecken,
wo die schönen Eier stecken:
rot und blau,
grün und grau
und mit Marmelflecken.

Friedrich Güll

H340 Herzlichen Ostergruß!

H379 Ostergruß, Bub

Ausflug mit der Eisenbahn

Puff puff Eisenbahn –
jetzt fahren wir nach Wiesenplan!

Wiesenplan, das ist die Stadt,
die den Kohlweißling zum Bürger hat.

Der Kohlweißling bewohnt ein Haus,
das sieht wie eine Glocke aus –

wie eine Glockenblume blau!
Da wohnt der Kohlweißling und seine Frau.

Und weht der Wind, macht die Glocke kling kling,
und da freuen sich Herr und Frau Schmetterling.

Puff puff Eisenbahn!
Jetzt fahren wir wieder aus Wiesenplan

hinaus, hinaus, dem Walde zu ...
wohin? wohin? ... Nach – Quellwaldruh!

Der Bahnwärter von Quellwaldruh,
das ist ein Frosch und quakt dazu.

Quak, quak, aussteigen! Quak!
In Quellwaldruh ist heut Ostertag!

In Quellwaldruh ist heut Osterfeier,
da versteckt der Osterhas bunte Eier!

Rote und gelbe und allerlei,
und das Suchen steht allen Fahrgästen frei!

Quak, quak, quak! Guten Tag!
Guten Tag! Schönen Dank! Herr Bahnwärter Quak!

Und jetzt wolln wir unter den Eichen und Buchen
und Tannen und Birken die Ostereier suchen!

Und im Moos und unter den großen Wurzeln,
darüber die kleinen Kinder purzeln.

Nicht wahr? Und haben wir alle gefunden
und in unsre Sacktücher eingebunden,

dann fahrn wir am Abend wieder nach Haus
und packen das Wunder vor Großmutter aus!

Christian Morgenstern

Am Ostermorgen zu singen

Die Sonne geht im Osten auf,
der Osterhas beginnt den Lauf.
Um seinen Korb voll Eier sitzen
drei Häslein, die die Ohren spitzen.
Der Osterhas bringt just ein Ei –
da fliegt ein Schmetterling herbei.
Dahinter strahlt das blaue Meer
mit Sandstrand vorne und umher.
Der Osterhas ist eben fertig –
als Kurtchen auch schon gegenwärtig!
Nesthäkchen findet – eins, zwei, drei,
ein rot, ein blau, ein lila Ei.
Ein Ei in jedem Blumenkelche!
Seht, seht, selbst hier, selbst dort sind welche!
Ermüdet leicht, im Morgenschein
schlief Kurtchen auf der Wiese ein.
Die Glocken läuten bim, bam, baum,
und Kurtchen lächelt zart im Traum.
Di di didl dum dei,
wir tanzen mit unsern Hasen,
umgefasst, zwei und zwei,
auf schönem, grünem Rasen.

Christian Morgenstern

Der Mutter vorzusingen

Ach, wär ich ein Vöglein,
ich wüsst, was ich tät:
Ich lernte mir Lieder
von morgens bis spät,
dann setzt ich mich dort,
wo lieb Mütterlein wär,
und säng ihr die Lieder der Reihe nach her.

Und wär ich ein Fischlein,
ich wüsst, was da wär:
Ich tauchte zum Grunde
tief unten ins Meer,
holt Bernstein und Muscheln –
ihr glaubt nur für mich?
Der Mutter den Bernstein,
die Muscheln für mich.

Doch mancherlei möchte
ich denn doch wohl nicht sein:
Nicht Apfel, nicht Kirschen,
nicht Wasser, noch Wein;
dann äßest du mich,
dann tränkst du mich aus,
dann hätt meine Mutter
kein Kind mehr im Haus.

Robert Reinick

H357 I bring viel Lieb

H142 Glücksherz/I

Marie

Ich hab nichts auf der Welt so lieb,
was Schönres sah ich nie,
als dich, mein kleiner Herzensdieb,
als dich, mein Kind Marie.
Und bist du fern, und bist du nah,
dein denk ich spät und früh,
Marie, Marie, Maruschkaka,
Maruschkaka, Marie!

Victor Blüthgen

Mein Kindchen

Mein Kindchen ist fein,
könnt schöner nicht sein;
es hat mir versprochen,
sein Herzchen g'hört mein.

Blaue Augen im Kopf
und ein Grübchen im Kinn:
O du herzliebes Kindchen,
wie gut ich dir bin.

Die Sorglichen

Im Frühling, als der Märzwind ging,
als jeder Zweig voll Knospen hing,
da fragten sie mit Zagen:
Was wird der Sommer sagen?

Und als das Korn in Fülle stand,
in lauter Sonne briet das Land,
da seufzten sie und schwiegen:
Bald wird der Herbstwind fliegen.

Der Herbstwind blies die Bäume an
und ließ auch nicht ein Blatt daran.
Sie sahn sich an: Dahinter
kommt nun der böse Winter.

Das war nicht eben falsch gedacht,
der Winter kam auch über Nacht.
Die armen, armen Leute,
was sorgen sie nur heute?

Sie sitzen hinterm Ofen still
und warten, obs nicht tauen will,
und bangen sich und sorgen
um morgen.

Gustav Falke

H288 Hunde-Wetter

H351 Lach mit

Der selbstsüchtige Riese

Jeden Nachmittag, auf dem Heimweg von der Schule, gingen die Kinder in den Garten des Riesen, um dort zu spielen.

Es war ein großer, wunderschöner Garten mit weichem, grünem Gras. Da und dort ragten hübsche Blumen wie Sterne aus der Wiese, und es gab auch zwölf Pfirsichbäume, die im Frühling mit zarten, rosa- und perlmuttfarbenen Blüten übersät waren und im Herbst reiche Frucht trugen. Vögel saßen auf den Bäumen und sangen so lieblich, dass die Kinder immer wieder ihr Spiel unterbrachen, um ihnen zuzuhören.

»Wie glücklich wir hier sind!«, riefen sie einander zu.

Eines Tages kehrte der Riese zurück. Er hatte seinen Freund, den Menschenfresser von Cornwall, besucht und war sieben Jahre bei ihm geblieben. Nachdem die sieben Jahre vergangen waren, hatte er alles gesagt, was zu sagen war, denn Gespräche waren nicht seine Stärke. Er beschloss, in sein Schloss zurückzugehen. Als er dort ankam, sah er die Kinder in seinem Garten spielen.

»Was macht ihr da?«, rief er in einem barschen Tonfall, und die Kinder rannten davon. »Mein Garten gehört mir«, sagte der Riese, »das wird wohl jeder begreifen, und ich erlaube niemandem außer mir in ihm zu spielen.«

Also baute er eine hohe Mauer ringsherum und stellte ein Schild auf: Unbefugten ist das Betreten verboten!

Er war ein sehr selbstsüchtiger Riese. Die armen Kinder hatten nun keinen Platz mehr zum Spielen. Sie versuchten es auf der Straße, aber sie war sehr staubig und steinig, und es gefiel ihnen dort nicht. Nach der Schule liefen sie immer wieder um die hohen Mauern und sprachen über den wunderschönen Garten dahinter.

»Wie glücklich wir dort waren!«, sprach eins zum anderen.

Dann kam der Frühling, und überall im Land sah man Blüten und junge Vögel. Nur im Garten des selbstsüchtigen Riesen war immer noch Winter. Da sie die Kinder vermissten, sangen dort keine Vögel, und die Bäume vergaßen zu blühen. Einmal reckte eine schöne Blume ihren Kopf aus dem Gras, aber als sie das Verbotsschild sah, war sie so traurig wegen der Kinder, dass sie wieder im Boden verschwand und weiterschlief. Die einzigen, die sich freuten, waren der Schnee und der Frost.

»Der Frühling hat diesen Garten vergessen«, riefen sie, »so wollen wir hier das ganze Jahr über leben.« Der Schnee bedeckte das Gras mit seinem weiten, weißen Mantel, und der Frost malte alle Bäume silber an. Dann luden sie den Nordwind zu sich ein, der prompt kam. Er war in Pelze gehüllt, heulte den ganzen Tag durch den Garten und blies die Schornsteine vom Dach.

»Dies ist ein wundervolles Pätzchen«, sagte er, »wir müssen den Hagel fragen, ob er uns besuchen möchte.« So kam auch der Hagel.

Jeden Tag prasselte er drei Stunden lang auf das Dach des Schlosses, bis fast alle Schieferplatten zerbrochen waren, und dann rannte er rundherum durch den Garten, so schnell er nur konnte. Er war in Grau gekleidet, und sein Atem war wie Eis.

Doch der Frühling kam nicht, auch nicht der Sommer. Der Herbst bescherte jedem Garten goldene Früchte, nur nicht dem Garten des Riesen. »Er ist so selbstsüchtig«, sagte der Herbst.

So herrschte immer Winter im Garten, und der Nodwind und der Hagel, der Frost und der Schnee tanzten um die Bäume.

»Ich verstehe nicht, warum sich der Frühling so verspätet«, sprach der selbstsüchtige Riese, als er am Fenster saß und hinaus in den kalten, weißen Garten blickte: »Ich hoffe, das Wetter schlägt bald um.«

Eines Morgens lag der Riese wach in seinem Bett, als er eine liebliche Musik vernahm. Sie klang so süß in seinen Ohren, dass er dachte, die Musikanten des Königs zögen vorbei. Doch tatsächlich war es nur ein kleiner Hänfling, der draußen vor dem Fenster sang. Aber der Riese hatte so lange keinen Vogel mehr in seinem Garten singen gehört, dass es ihm wie die schönste Musik auf der Welt vorkam. Der Hagel hörte augenblicklich auf, über ihm zu tanzen, der Nordwind stellte das Heulen ein, und ein köstlicher Duft drang durch den offenen Fensterflügel.

»Ich glaube, der Frühling kommt nun doch noch«, sagte der Riese; und er hüpfte aus dem Bett und schaute nach draußen.

Und was sah er dort?

Ihm bot sich ein wundervoller Anblick. Durch ein kleines Loch in der Mauer waren die Kinder hineingeschlüpft und saßen nun auf den Ästen der Bäume. In jedem Baum, so weit er sehen konnte, saß ein kleines Kind. Die Bäume waren so glücklich über die Rückkehr der Kinder, dass sie sich über und über mit Blüten bedeckten und sanft ihre Zweige über den Köpfen der Kinder hin- und herschwangen. Vögel schwirrten umher und zwitscherten voll Freude, und die Blumen lugten aus dem grünen Gras hervor und lachten. Es war ein bezauberndes Schauspiel.

Nur in einem Winkel war noch Winter. Es war die am weitesten entfernte Ecke des Gartens, und dort stand ein kleiner Junge.

Er war so winzig, dass er keinen der Äste erreichen konnten. Bitterlich weinend lief er immer wieder um den Baum. Der arme Baum war noch mit Reif und Schnee bedeckt, und der Nordwind blies und heulte über ihm.

»Kletter hinauf, kleiner Junge«, sagte der Baum und beugte seine Äste, so tief er konnte; aber der Junge war zu klein.

Das Herz des Riesen schmolz dahin, als er das sah. »Wie selbstsüchtig ich war!«, sagte er. »Nun weiß ich, warum der Frühling nicht kam. Ich werde den armen kleinen Jungen ganz oben in den Baum setzen, und dann werde ich die Mauer abbrechen, und mein Garten soll für immer ein Kinderspielplatz sein.« Er bedauerte sehr, wie er sich benommen hatte.

So schlich er hinunter, öffnete ganz sachte die Haustür und trat hinaus in den Garten. Aber als die Kinder ihn sahen, fürchteten sie sich so, dass sie alle davonliefen, und im Garten wurde es wieder Winter. Nur der kleine Junge rannte nicht davon, denn seine Augen waren so voll Tränen, dass er den Riesen nicht kommen sah. Der Riese näherte sich leise, nahm ihn vorsichtig in die Hand und setzte ihn in den Baum. Sofort begann der Baum zu blühen, und die Vögel kamen und sangen. Der Junge streckte seine beiden Arme aus, schlang sie um den Hals des Riesen und gab ihm einen Kuss. Die Kinder kamen schnell wieder zurückgelaufen, als sie sahen, dass der Riese nicht mehr länger böse war, und mit ihnen kam auch der Frühling.

»Dies ist nun euer Garten, liebe Kinder«, sagte der Riese. Er nahm eine große Axt und riss damit die Mauer nieder. Als die Menschen gegen zwölf Uhr zum Markt gingen, sahen sie den Riesen im schönsten Garten, den man sich nur vorstellen kann, mit den Kindern spielen.

Sie spielten den ganzen Tag, und am Abend kamen sie zum Riesen und wünschten ihm eine gute Nacht.

»Aber wo ist euer kleiner Spielgefährte«, frage er, »der Junge, den ich auf den Baum gehoben habe?« Der Riese liebte ihn am meisten von allen, da er ihm einen Kuss gegeben hatte.

»Das wissen wir nicht«, antworteten die Kinder: »Er ist fortgegangen.«

»Ihr müsst ihm sagen, dass er morgen unbedingt wiederkommen soll«, sagte der Riese. Aber die Kinder wussten nicht, wo er wohnte, und hatten ihn niemals zuvor gesehen; daraufhin wurde der Riese sehr traurig.

Jeden Nachmittag nach der Schule kamen die Kinder und spielten mit dem Riesen. Aber der kleine Junge, den der Riese so sehr liebte, ließ sich nie mehr blicken. Der Riese war sehr freundlich zu allen Kindern, dennoch sehnte er sich nach seinem ersten kleinen Freund und sprach oft von ihm.

»Wie gerne würde ich ihn wiedersehen!«, pflegte er zu sagen.

Die Jahre vergingen, und der Riese wurde alt und schwach. Er konnte nun nicht mehr mit den Kindern spielen, und so saß er in seinem mächtigen Armsessel, sah ihnen zu und erfreute sich an seinem Garten.

»Ich habe viele schöne Blumen«, sagte er, »aber die Kinder sind die schönsten Blumen von allen.«

An einem Wintermorgen blickte er, während er sich anzog, aus dem Fenster. Er hasste nicht mehr den Winter, denn er wusste, dass der Frühling nur schlief und die Blumen sich ausruhten.

Plötzlich rieb er sich erstaunt die Augen und schaute und schaute. Welch ein fantastischer Anblick! In der äußersten Ecke des Gartens war ein Baum bereits mit hübschen weißen Blüten übersät. Seine Zweige waren golden, und silberne Früchte hingen an ihnen, und darunter stand der geliebte kleine Junge.

Hocherfreut rannte der Riese hinunter und nach draußen in den Garten. Er eilte über die Wiese, hin zum Jungen. Und als er vor ihm stand, wurde sein Gesicht rot vor Zorn: »Wer hat es gewagt, dich zu verletzen?« Denn auf den Handflächen des Kindes waren die Wundmale von zwei Nägeln zu sehen, ebenso befanden sich welche auf seinen kleinen Füßen.

»Wer hat es gewagt, dich zu verletzen?«, rief der Riese. »Sag es mir, und ich werde mein großes Schwert ergreifen und ihn töten.«

»Nicht doch«, antwortete das Kind, »dies sind die Wunden der Liebe.«

»Wer bist du?«, fragte der Riese. Ihn überkam eine seltsame Scheu und er fiel vor dem kleinen Kind in die Knie.

Das Kind lächelte den Riesen an und sagte zu ihm: »Einst ließest du mich in deinem Garten spielen, heute sollst du mit mir in meinen Garten, ins Paradies, kommen.«

Als die Kinder am Nachmittag herbeieilten, fanden sie den Riesen tot unter dem Baum liegen, über und über mit weißen Blüten bedeckt.

Oscar Wilde

Dass ihr nun recht ruhig schlaft

Dass ihr nun recht ruhig schlaft,
sing ich euch vom kleinen Schaf,
sing ich euch vom Watschelgänschen
mit dem Wickelwackelschwänzchen.

H210 Auf Wiederseh'n!/II

Abschiedsgruß

Heut Nacht der Frühling scheiden muss,
drum bringt man ihm den Abschiedsgruß.
Glühwürmchen ziehn mit Lichtern hell,
es rauscht der Wald, es klagt der Quell,
dazwischen singt mit süßem Schall
aus jedem Busch die Nachtigall,
und wird ihr Lied
so bald nicht müd,
ist auch der Frühling ferne. –
Sie hatten ihn all so gerne!

Robert Reinick

Bauernweisheit

Eine Lerche, die singt,
uns noch keinen Sommer bringt.
Rufen Kuckuck und Nachtigall,
ist der Sommer überall.

H107 Vom Himmel gefallen

Sommer

Lied der Sonne

Ich bin die Mutter Sonne und trage
die Erde bei Nacht, die Erde bei Tage.
Ich halte sie fest und strahle sie an,
dass alles auf ihr wachsen kann.
Stein und Blume, Mensch und Tier,
alles empfängt sein Licht von mir.
Tu auf dein Herz wie ein Becherlein;
denn ich will leuchten auch dort hinein!
Tu auf dein Herzlein, liebes Kind,
dass wir ein Licht zusammen sind.

Christian Morgenstern

Lied zum Sommeranfang

Tra ri ro, der Sommer, der ist do!
Wir wollen 'naus in Garten,
und wollen des Sommers warten.
Jo jo jo, der Sommer, der ist do.

Wie ist doch die Erde so schön

Wie ist doch die Erde so schön, so schön!
Das wissen die Vögelein:
Sie heben ihr leicht Gefieder
und singen so fröhliche Lieder
in den blauen Himmel hinein.

Wie ist doch die Erde so schön, so schön!
Das wissen die Flüss' und Seen:
Sie malen in klarem Spiegel
die Gärten und Städt' und Hügel
und die Wolken, die drüber gehn!

Und Sänger und Maler wissen es
und Kinder und andre Leut!
Und wers nicht malt, der singt es,
und wers nicht singt, dem klingt es
in dem Herzen vor lauter Freud!

Robert Reinick

H216 Mit frohem Mut und heiterm Sinn!

H153 Hui, die Hummel!/II

Bienenlied

Lustig ist das Bienenleben!
Lustig in dem Sonnenschein
um die duft'gen Bäume schweben,
kosten edlen Blütenwein!

Alles horchet, wenn sie summen
in die Sommerwelt hinein,
ja, die Lüfte selbst verstummen,
lauschen ihren Melodei'n.

Bei der ersten Morgenhelle
sind sie munter und bereit,
sie verlassen ihre Zelle,
und kein Weg ist je zu weit.

Darum will der Sommer ihnen
lohnen auch ihr heißes Mühn,
lässet für die lieben Bienen
seine bunten Blumen blühn.

Heinrich Hoffmann von Fallersleben

H126 Glücksklee

Feldsegen

Auf den Feldern, welch ein Segen!
In den Wäldern, in den Schlägen:
Gras und Kraut, wie hoch und üppig,
Strauch und Stauden dicht und strüppig;

voll das Korn und fett der Klee,
auch am Dorne reift die Schleh;
Beerenranken
niederschwanken:
Auf und ab die weite Flur
Überfluss und Segen nur.

Rings im Garten, welch ein Segen!
In den Beeten, auf den Wegen
wimmeln Äpfel, Birn' und Pflaumen,
schön den Augen, süß dem Gaumen;
jeder Busch und jeder Baum
steht, ein Paradiesestraum;
von den Lauben
hängen Trauben:
tief auch in der Erde Hülle
überall des Segens Fülle.

Wer denn einst in kargen Tagen
Not und Mangel still getragen,
wird in solchen reichen Jahren
reichen Segen auch erfahren.

Friedrich Güll

H150 Was frag ich viel

Die Reise

Tipp, tapp, Stuhlbein,
hüh, du sollst mein Pferdchen sein!
Klipp, klapp, Hutsche,
du bist meine Kutsche,
wutsch!

Wipp, wapp, zu langsam;
hott, wir fahren Eisenbahn!
Alle meine Pferde,
um die ganze Erde,
rutsch!

Tipp, tapp, zipp zapp:
Halt, wann geht das Luftschiff ab?
Fertig, Kinder, eingestiegen,
wollen in den Himmel fliegen,
futsch!

Paula und Richard Dehmel

Jüngst sah ich den Wind

Jüngst sah ich den Wind,
das himmlische Kind,
als ich träumend im Walde gelegen,
und hinter ihm schritt
mit trippelndem Tritt
sein Bruder, der Sommerregen.

In den Wipfeln, da gings
nach rechts und nach links,
als wiegte der Wind sich im Bettchen,
und sein Brüderchen sang:
»Die Binke, die Bank«,
und schlüpfte von Blättchen zu Blättchen.

Weiß selbst nicht, wie's kam,
gar zu wundersam
es regnete, tropfte und rauschte,
dass ich, selber ein Kind
wie Regen und Wind,
das Spielen der beiden belauschte.

H296 Ja ich bin zufrieden

Dann wurde es Nacht,
und eh ichs gedacht,
waren fort, die das Märchen mir schufen.
Ihr Mütterlein
hatte sie fein
hinauf in den Himmel gerufen.

Arno Holz

H460 Glückliche Fahrt

Der kleine Seemann

Ich hab ein Schiff gebauet,
seht her! Ich setz es aus.
Es segelt flott vom Lande
hinüber nach dem Strande
trotz Wind und Wellenbraus.

Und säß ich selber drinnen
als lust'ger Steuermann,
ich wollts nach allen Seiten
lavieren, drehn und leiten,
so wie's mein Vater kann.

Und wenn ich größer werde,
schon freu ich mich, juchhe!
Nichts hält mich mehr am Lande
im öden Dünensande,
ich will, ich muss zur See!

In meinem roten Hemde,
mit meinem runden Hut,
so fahr ich als Matrose
durchs wilde Meergetose
voll Ruh und frohem Mut.

Heinrich Hoffmann von Fallersleben

Ab in die Wanne

Du bist ein kleiner Nackedei,
du bist Hans Patschenass.
Und wie dich Gott geschaffen hat,
so setz ich dich ins Fass.

Seereise

Pitsch – patsch – Badefass,
Rumpumpel plantscht die Stube nass;
ist ein junger Wasserheld,
segelt durch die ganze Welt
im Wipp – im Wapp – im Schaukelkahn
über den großen Ozean!

Stehn alle Wilden still
und schrein: Was bloß Rumpumpel will?
so splitternackt und pitschenass,
in seinem kleinen Schaukelfass?
Schnell das Badelaken!

Paula Dehmel

H162 Gute Erholung!

Aufzählspruch beim Verstecken

Wir wollen uns verstecken
in ein, zwei, drei, vier Ecken.
Wir wollen uns verkriechen
auf fünf, sechs, sieben Stiegen.
Wir wollen niederkauern
an acht, neun, zehen Mauern
und wollen uns nicht rühren,
wenn wir den Häscher spüren.
Und sollts ihn auch verdrießen,
lang wird er suchen müssen.
Der uns wird aber finden,
ist neben dir da hinten.

Friedrich Güll

Die schönste Zeit

Im Sommer, im Sommer, da ist die schönste Zeit.
Da singen und springen die Kinder weit und breit.
Das Hüpfen, das Hüpfen, das muss man verstehn:
Da muss man, da muss man sich dreimal umdrehn.

H160 Blick über den Zaun

H105 Baby im Körbchen

Wittewoll schlafen

Auf der Leine, auf grünem Platz
hängen sieben Hemdchen und ein Latz.
In der Ecke, wo's Spinnchen spinnt,
liegt mit großen Augen mein Kind –
wittewoll schlafen?

Henne macht sich ein Bett im Sand,
Fliege träumt an der Mauerwand,
Schmetterling sitzt in der Mittagsruh,
schaukelt die Flügel auf und zu –
wittewoll schlafen?

Suselesu, der Sonnenwind
bläst in die Augen dem müden Kind;
es will noch blinzeln – Spinnchen hält
den bunten Schleier vor die Welt –
wittewoll schlafen?

Paula Dehmel

H349 Herzlichen Glückwunsch!/III

Wie Heini gratulierte

Guten Morgen! – sollt ich sagen –
und ein schönes Kompliment,
und die Mutter ließ auch fragen,
wie der Onkel sich befänd!

Und der Strauß wär aus dem Garten,
wenn ihr etwa danach fragt.
An der Tür dann sollt ich warten,
ob ihr mir auch etwas sagt.

Und hübsch grüßen sollt ich jeden
und ganz still sein, wenn man spricht,
und recht deutlich sollt ich reden;
aber schreien sollt ich nicht.

Doch ich sollt mich auch nicht schämen;
denn ich wär ja brav und fromm,
nur vom Kopf das Mützerl nehmen,
wenn ich in das Zimmer komm.

Wenn mir eins was geben wollte,
sollt ich sagen: Danke schön!
Aber unaufhörlich sollte
ich nicht nach der Torte sehn.

Und hübsch langsam sollt ich essen:
Stopfen wär hier gar nicht Brauch,
und – bald hätt ich es vergessen –
gratulieren sollt ich auch.

Julius Lohmeyer

Die sieben Schwaben

Einmal waren sieben Schwaben beisammen, der erste war der Herr Schulz, der zweite der Jackli, der dritte der Marli, der vierte der Jergli, der fünfte der Michael, der sechste der Hans, der siebente der Veitli; die hatten alle siebene sich vorgenommen, die Welt zu durchziehen, Abenteuer zu suchen und große Taten zu vollbringen. Damit sie aber auch mit bewaffneter Hand und sicher gingen, sahen sie's für gut an, dass sie sich zwar nur einen einzigen, aber recht starken und langen Spieß machen ließen. Diesen Spieß fassten sie alle siebene zusammen an, vorn ging der Kühnste und Männlichste, das musste der Herr Schulz sein, und dann folgten die andern nach der Reihe, und der Veitli war der Letzte.

Nun geschah es, als sie im Heumonat eines Tags einen weiten Weg gegangen waren, auch noch ein gut Stück bis in das Dorf hatten, wo sie über Nacht bleiben mussten, dass in der Dämmerung auf einer Wiese ein großer Rosskäfer oder eine Hornisse nicht weit von ihnen hinter einer Staude vorbeiflog und feindlich brummte. Der Herr Schulz erschrak, dass er fast den Spieß hätte fallen lassen und ihm der Angstschweiß am ganzen Leibe ausbrach. »Horcht, horcht«, rief er seinen Gesellen, »Gott, ich höre eine Trommel!« Der Jackli, der hinter ihm den Spieß hielt und dem ich weiß nicht was für ein Geruch in die Nase kam, sprach: »Etwas ist ohne Zweifel vorhanden, denn ich schmeck das Pulver und den Zündstrick.« Bei diesen Worten hub der Herr Schulz an, die Flucht zu ergreifen, und sprang im Hui über einen Zaun, weil er aber

H214 Die sieben Schwaben

gerade auf die Zinken eines Rechens sprang, der vom Heumachen da liegen geblieben war, so fuhr ihm der Stiel ins Gesicht und gab ihm einen ungewaschenen Schlag. »O wei, o wei«, schrie der Herr Schulz, »nimm mich gefangen, ich ergeb mich, ich ergeb mich!« Die andern sechs hüpften auch alle einer über den andern herzu und schrien: »Gibst du dich, so geb ich mich auch, gibst du dich, so geb ich mich auch.« Endlich, wie kein Feind da war, der sie binden und fortführen wollte, merkten sie, dass sie betrogen waren: Und damit die Geschichte nicht unter die Leute käme und sie nicht genarrt und gespottet würden, verschwuren sie sich untereinander, so lang davon stillzuschweigen, bis einer unverhofft das Maul auftäte.

Hierauf zogen sie weiter. Die zweite Gefährlichkeit, die sie erlebten, kann aber mit der ersten nicht verglichen werden. Nach etlichen Tagen trug sie ihr Weg durch ein Brachfeld, da saß ein Hase in der Sonne und schlief, streckte die Ohren in die Höhe und hatte die großen gläsernen Augen starr aufstehen. Da erschraken sie bei dem Anblick des grausamen und wilden Tieres insgesamt und hielten Rat, was zu tun das wenigst Gefährliche wäre. Denn so sie fliehen wollten, war zu besorgen, das Ungeheuer setzte ihnen nach und verschlänge sie alle mit Haut und Haar. Also sprachen sie: »Wir müssen einen großen und gefährlichen Kampf bestehen, frisch gewagt ist halb gewonnen!«, fassten alle Siebene den Spieß an, der Herr Schulz vorn und der Veitli hinten. Der Herr Schulz wollte den Spieß noch immer anhalten, der Veitli aber war hinten ganz mutig geworden, wollte losbrechen und rief:

»Stoß zu in aller Schwabe Name,
sonst wünsch i, dass ihr möcht erlahme.«

Aber der Hans wusst' ihn zu treffen und sprach:

»Beim Element, du hascht gut schwätze,
bischt stets der Letscht beim Drachehetze.«

Der Michael rief:

»Es wird nit fehle um ein Haar,
so ischt es wohl der Teufel gar.«

Drauf kam an den Jergli die Reihe, der sprach:

»Ischt er es nit, so ischt's sei Muter
oder des Teufels Stiefbruder.«

Der Marli hatte da einen guten Gedanken und sagte zum Veitli:

»Gang, Veitli, gang, gang du voran,
i will dahinte vor di stahn.«

Der Veitli aber hörte nicht drauf, und der Jackli sagte:

»Der Schulz, der muss der Erschte sei,
denn ihm gebührt die Ehr allei.«

Da nahm sich der Herr Schulz ein Herz und sprach gravitätisch:

»So zieht denn herzhaft in den Streit,
hieran erkennt man tapfre Leut.«

Da gingen sie insgesamt auf den Drachen los. Der Herr Schulz segnete sich und rief Gott um Beistand an. Wie aber das alles nicht helfen wollte und er dem Feind immer näher kam, schrie er in großer Angst: »Hau! Hurlehau! Hau! Hauhau!« Davon erwachte der Hase, erschrak und sprang eilig davon. Als ihn der Herr Schulz so feldflüchtig sah, da rief er voll Freude:

»Potz, Veitli, lueg, lueg, was ischt das?
Das Ungehüer ischt a Has.«

Der Schwabenbund suchte aber weiter Abenteuer und kam an die Mosel, ein moosiges, stilles und tiefes Wasser, darüber nicht viel Brücken sind, sondern man an mehrern Orten sich muss in Schiffen überfahren lassen. Weil die sieben Schwaben dessen unberichtet waren, riefen sie einem Mann, der jenseits des Wassers seine Arbeit vollbrachte, zu, wie man doch hinüberkommen könnte. Der Mann verstand wegen der Weite und wegen ihrer Sprache nicht, was sie wollten, und fragte auf sein Trierisch: »Wat? Wat?« Da meinte der Herr Schulz, er spräche nicht anders als: »Wate, wate durchs Wasser«, und hub an, weil er der Vorderste war, sich auf den Weg zu machen und in die Mosel hineinzugehen. Nicht lang, so versank er in den Schlamm und in die antreibenden tiefen Wellen, seinen Hut aber jagte der Wind hinüber an das jenseitige Ufer, und ein Frosch setzte sich dabei und quakte: »Wat, wat, wat.« Die sechs andern hörten das drüben und sprachen: »Unser Gesell, der Herr Schulz, ruft uns, kann er hinüberwaten, warum wir nicht auch?« Sprangen darum eilig alle zusammen in das Wasser und ertranken, also dass ein Frosch ihrer sechse ums Leben brachte und niemand von dem Schwabenbund wieder nach Haus kam.

Grimms Märchen

Streit zwischen Sommer und Winter

Winter:
Ich bin der Winter stolz,
ich baue Brücken ohne Holz.
Sommer:
Ich bin der Sommer fein,
ich mähe mein Korn
und hark es wohl auf
und fahr es in die Scheun.
Winter:
Ich dresche das Korn und fahr es zur Stadt,
dass jeder seine Nahrung hat.

Drei Rosen im Garten

Drei Rosen im Garten,
drei Lilien im Wald,
im Sommer ists lustig,
im Winter ists kalt.

H109 Die Spinne

Frau Spinne

Frau Spinne spinnt im Sonnenschein
und singt dazu ein Liedelein:
Di da didallala.

Sie spinnt so zart, sie spinnt so fein
und denkt: Wer will mein Meister sein?
Di da didallala.

Da hangt ihr Häuslein blank und rein,
Frau Spinne setzt sich mitten drein.
Di da didallala.

»Nun sitz ich hier so ganz allein,
hat keiner Lust, mein Gast zu sein?«
Di da didallala.

Gleich kommt ein lustig Mückelein:
»Sei mir willkommen, Schwesterlein!«
Di da didallala.

Frau Spinn umarmts und spinnt es ein,
nichts hilft dem Mückelein sein Schrein.
Di da didallala.

Und sie verschmaust es klimperklein
und singt dazu ein Liedelein:
Di da didallala.

Heinrich Hoffmann von Fallersleben

Das Dorf

Steht ein Kirchlein im Dorf,
geht der Weg dran vorbei,
und die Hühner, die machen
am Weg ein Geschrei.

Und die Tauben, die flattern
da oben am Dach,
und die Enten, die schnattern
da unten am Bach.

Auf der Brück steht ein Junge,
der singt, dass es schallt,
kommt ein Wagen gefahren,
der Fuhrmann, der knallt.

Und der Wagen voll Heu,
der kommt von der Wiese,
und oben darauf
sitzt der Hans und die Liese.

Die jodeln und juchzen
und lachen alle beid,
und das klingt durch den Abend,
es ist eine Freud!

H270 August

Und dem König sein Thron,
der ist prächtig und weich,
doch im Heu zu sitzen,
dem kommt doch nichts gleich!

Und wär ich der König:
Gleich wär ich dabei
und nähme zum Thron mir
einen Wagen voll Heu.

Robert Reinick

Ausfahren

Ri, ra, rutsch, wir fahren mit der Kutsch!
Das Pferdchen, das muss traben!
Wer kann es besser haben?
Es wirbelt auf der Staub,
es fliegt empor das Laub,
wo wir vorüberflitzen.
Wir bleiben ruhig sitzen,
behaglich, still und heiter,
und kommen dennoch weiter!
Ri, ra, rutsch! Wir fahren in der Kutsch.

Heinrich Seidel

H617 Trari-trara – die Post ist da!

Lustig in die Welt

Wer sich lustig dreht
und sein' Spaß versteht,
der kommt durch die ganze weite Welt.
Wer zu Hause sitzt,
bei Historien schwitzt,
der wird überall geprellt.
Lustig, lustig, lustig in die Welt!

H303 I geh in d' Stadt

Herbst

Herbstlied

Bunt sind schon die Wälder,
gelb die Stoppelfelder,
und der Herbst beginnt.
Rote Blätter fallen,
graue Nebel wallen,
kühler weht der Wind.

Wie die volle Traube
aus dem Rebenlaube
purpurfarbig strahlt!
Am Geländer reifen
Pfirsiche mit Streifen,
rot und weiß bemalt.

Johann Gaudenz von Salis-Seewis

H297 Sitzt ein Büblein auf dem Baum

Obstlese

Das ist ein reicher Segen
in Gärten und an Wegen!
Die Bäume brechen fast.
Wie voll doch alles hanget!
Wie lieblich schwebt und pranget
der Äpfel goldne Last.

Jetzt auf den Baum gestiegen!
Lasst uns die Zweige biegen,
dass jedes pflücken kann!
Wie hoch die Äpfel hangen,
wir holen sie mit Stangen
und Haken all heran.

Und ist das Werk vollendet,
so wird auch uns gespendet
ein Lohn für unsern Fleiß.
Dann ziehn wir fort und bringen
die Äpfel heim und singen
dem Herbste Lob und Preis.

Heinrich Hoffmann von Fallersleben

H171 Der große Bass

Zur Kirmes

Hört, wie sie blasen, fiedeln und schrein!
Hört, wie der Brummbass brummet darein!
Willst du nicht froh sein, bleib du zu Haus!
Kannst du nicht tanzen, geh nicht hinaus!

Buden mit Kuchen, Bier und auch Wein,
Äpfel und Birnen laden uns ein.
Überall leben, Tanz und Gesang!
Überall Freude, Jubel und Klang!

Singen und springen, tanzen wir auch!
So ist es Sitte, so ist es Brauch:
Denn auf die Kirmes passet ja nicht
trauriges Herz und ernstes Gesicht.

Hört, wie sie blasen, fiedeln und schrein!
Hört, wie der Brummbass brummet darein!
Kirmes ist heute! Kirmes ist hier!
Heißa, zur Kirmes gehen auch wir.

Heinrich Hoffmann von Fallersleben

Veronika

Die Prinzess Veronika
kommt das Gähnen an –
spielt doch eins Harmonika,
dass sie tanzen kann:
Einmal rum,
zweimal rum,
mit dem Prinz von Dideldum.

Victor Blüthgen

Fiedelhänschen

Fiedelhänschen, geig einmal,
unser Kind will tanzen,
hat ein buntes Röcklein an,
rundherum mit Fransen.

H167 Ich hab mich ergeben/I

H255 Schusterbub

Tanz, Kindchen, tanz

Tanz, Kindchen, tanz,
deine Schühchen sind noch ganz.
Lass dich nicht gereuen,
der Schuster macht dir neue,
tanz, Kindchen, tanz.

Das große Loch

Das große Loch,
wie kam es doch
in Gretens neuen Schuh?
Die ganzen Zehn
sind ja zu sehn;
wer macht das Loch uns zu?

Drüben hinterm Rathaus
hängt ein großes Schild raus,
goldner Stiefel drauf.
Da wohnt der Schuster Firlefanz,
der macht dein Schühchen wieder ganz,
lauf, Grete, lauf!

Paula und Richard Dehmel

H198 Schwieriges Problem

Das Einmaleins

Das Einmaleins, das Einmaleins,
es kostet viel Studieren,
und oft kann von uns allen keins
mit Zwei multiplizieren!

Das Abc

Das Abc, das Abc,
das macht uns furchtbar schwitzen,
wir müssen oft, o weh, o weh!
Ja, ganze Stunden sitzen!

Ene mene Tintenfass

Ene mene Tintenfass,
geh in die Schul und lerne was.
Ene mene Sandbüchs,
bleib daheim, du kannst nix.

Der kleine Student

Hans, mein Sohn, was machst du da?
»Vater, ich studiere.«
Hans, mein Sohn, das kannst du nicht!
»Vater, ich probiere.«

Die besten Bücher

Viel Bücher, prächtig anzusehn,
stehn an des Zimmers Wänden.
Gut, dass die besten unten stehn,
erreichbar kleinen Händen.

Die man mit Müh nur schleppen kann,
je dicker, umso besser,
aus denen legt man Mauern an
und baut die schönsten Schlösser.

Aus kleinen kann man lange nicht
aufbaun so hübsche Sachen,
und wenn der Bau zusammenbricht,
gibts lang nicht solch ein Krachen.

Johannes Trojan

H202 Stellvertretung

Ach, wer doch das könnte!

Gemäht sind die Felder, der Stoppelwind weht,
hoch droben in Lüften mein Drache nun steht,
die Rippen von Holze, der Leib von Papier;
zwei Ohren, ein Schwänzchen sind all seine Zier.
Und ich denk: So drauf liegen im sonnigen Strahl –
ach, wer doch das könnte, nur ein einziges Mal!

Da kuckt' ich dem Storch in das Sommernest dort:
Guten Morgen, Frau Storchin, geht die Reise bald fort?
Ich blickt' in die Häuser zum Schornstein hinein:
Papachen, Mamachen, wie seid ihr so klein!
Tief unter mir säh ich Fluss, Hügel und Tal –
ach, wer doch das könnte, nur ein einziges Mal!

Und droben, gehoben auf schwindelnder Bahn,
da fasst' ich die Wolken, die segelnden, an;
ich ließ mich besuchen von Schwalben und Krähn
und könnte die Lerchen, die singenden, sehn,
die Englein belauscht' ich im himmlischen Saal –
ach, wer doch das könnte, nur ein einziges Mal!

Victor Blüthgen

H312 Abendlied

November

Solchen Monat muss man loben:
Keiner kann wie dieser toben,
keiner so verdrießlich sein
und so ohne Sonnenschein!
Keiner so in Wolken maulen,
keiner so mit Sturmwind graulen!
Und wie nass er alles macht!
Ja, es ist 'ne wahre Pracht.

Seht das schöne Schlackerwetter!
Und die armen welken Blätter,
wie sie tanzen in dem Wind
und so ganz verloren sind!
Wie der Sturm sie jagt und zwirbelt
und sie durcheinander wirbelt
und sie hetzt ohn' Unterlass:
Ja, das ist Novemberspaß!

H317 's wird kalt!

Und die Scheiben, wie sie rinnen!
Und die Wolken, wie sie spinnen
ihren feuchten Himmelstau
ur und ewig, trüb und grau!
Auf dem Dach die Regentropfen:
Wie sie pochen, wie sie klopfen!
Schimmernd hängts an jedem Zweig,
einer dicken Träne gleich.

O, wie ist der Mann zu loben,
der solch unvernünft'ges Toben
schon im Voraus hat bedacht
und die Häuser hohl gemacht;
so dass wir im Trocknen hausen
und mit stillvergnügtem Grausen
und in wohlgeborgner Ruh
solchem Gräuel schauen zu.

Heinrich Seidel

Es regnet

Es regnet, es regnet,
es regnet seinen Lauf,
und wenns genug geregnet hat,
dann hörts auch wieder auf.

Die zwei Wurzeln

Zwei Tannenwurzeln groß und alt
unterhalten sich im Wald.
Was droben in den Wipfeln rauscht,
das wird hier unten ausgetauscht.
Ein altes Eichhorn sitzt dabei
und strickt wohl Strümpfe für die zwei.
Die eine sagt: knig. Die andre sagt: knag.
Das ist genug für einen Tag.

Christian Morgenstern

Ich geh mit meiner Laterne

Ich geh mit meiner Laterne
und meine Laterne mit mir.
Dort oben leuchten die Sterne,
hier unten leuchten wir.
Mein Licht ist aus,
ich geh nach Haus – rabimmel, rabammel, rabumm.

Sonne, Mond und Sterne

Sonne, Mond und Sterne,
ich geh mit meiner Laterne,
meine Laterne ist hübsch und fein,
drum geh ich mit ihr ganz allein.

Sankt Martin

Martin war ein frommer Mann,
zündet viele Lichter an,
dass er droben sehen kann,
was er unten hat getan.

H438 Mein Laternlein sternlichtklar

Ernst

Ernstchen, was machst du?
Schläfst du oder wachst du?
Denkst du nach in deinem Kopf,
wo sichs gut mag wohnen?
Beim Konditor Honigtopf
unter den Makronen.

Victor Blüthgen

Meine Mu, meine Mu

Meine Mu, meine Mu,
meine Mutter schickt mich her,
ob der Ku, ob der Ku,
ob der Kuchen fertig wär.
Wenn er no, wenn er no,
wenn er noch nicht fertig wär,
käm ich mo, käm ich mo,
käm ich morgen wieder her.

H116 Der Honigschlecker

Die Waldbäume

Der Sommer war zu Ende, aus dem Moor begann der Nebel aufzusteigen und der Herbstwind jagte über Feld und Wald. Da suchten die Tiere Schutz zwischen den Bäumen des Waldes oder flohen in wärmere Länder, denn sie fühlten, dass nun eine kalte, harte Zeit im Anzug sei. Draußen im Walde saß auf einem Aste ein kleiner Vogel, der konnte nicht fortfliegen, denn sein Flügel war verletzt. Und er bat die Birke:

»Liebe Birke, lass mich zwischen deine grünen Blätter schlüpfen, denn der Herbstwind bläst so kalt, so bitter kalt!«

Die Birke aber erwiderte: »Nein, nein! Du könntest meine Knospen beschädigen und mein prächtiges Gewand verderben! Fort von hier!«

Und das vor Kälte zitternde Tierchen hüpfte zur starken Eiche hinüber und bat:

»Liebe Eiche, birg mich zwischen deinen Zweigen und Blättern, denn mich friert so sehr!«

Die Eiche aber erwiderte: »Fort mit dir! Du könntest ein paar von meinen Eicheln stehlen oder mein fleckenloses Kleid beschmutzen. Bei mir kannst du nicht bleiben!« Da hüpfte der arme Vogel zur Weide, die beim Bache stand.

»Gute Weide«, bat er, »lass mich unter deine Blätter kriechen, denn ich zittere vor Frost!«

Die Weide aber erwiderte: »Ich kenne dich nicht und was würden auch die übrigen Bäume von mir denken, wenn sie mich mit einem so elend und armselig aussehenden Geschöpf verkehren sähen?«

H273 Waldfrieden

Und das Vöglein hüpfte zu allen Laubbäumen des Waldes und bat um Herberge; aber keiner wollte es aufnehmen und es war nahe daran, vor Kälte zu sterben. Zuletzt kam es dahin, wo die Tanne, die Fichte und der Wacholder standen. Aber da konnte es nichts mehr sprechen, denn es war fast erfroren. Als die Fichte das kleine Ding sah, sagte sie:

»Komm zu mir, du armes Vöglein, ich will dich erwärmen! Komm unter meine Zweige, da ist es weich und warm!«

Und die Tanne sprach: »Ich habe keine so dichten Zweige, wie meine Schwester, die Fichte, aber ich will hier stehen und den Nordwind auffangen, sodass er dir nicht schaden kann, du armes, kleines Vöglein!« Und die Tanne streckte ihre starken Zweige aus und half der Fichte, das wehrlose Tierchen zu schützen.

Und der Wacholder sprach: »Ich bin klein und gering, aber wenn du hungerst, komm zu mir, denn ich habe weiche, gute Beeren, und die gebe ich dir gerne!« – Und der kranke Vogel erhielt Nahrung und Schutz von den barmherzigen Bäumen.

Aber die Nacht kam mit Frost und Sturm, und am Morgen darauf lagen die grünen Kleider der Laubbäume vernichtet auf dem Boden und der Herbstwind schüttelte die kahlen Äste.

Die Nadelbäume aber, die dem armen Obdachlosen Herberge und Nahrung gegeben, die standen da wie tags zuvor und keine Winterkälte kann sie ihres herrlichen grünen Kleides berauben.

Albrecht Julius Segerstedt

Ännchens Himmelfahrt

In Hut und Mantel, kleines Ännchen?
Wohin soll denn die Reise gehn?
Was schaust du immer nach dem Himmel?
Man kann nicht in die Sonne sehn.

»Ich nehme mir die große Leiter
und steig zum Himmel fix hinauf.
Ich will den lieben Gott besuchen,
dann mach ich schnell die Sonne auf.

Dann guck ich in sein schönes Zimmer:
Gu'n Tag, du lieber Herrgott du!
Er schenkt mir was. Dann sag ich: danke!
Und mach die Sonne wieder zu.«

Jakob Loewenberg

H316 Fahrt in die Weihnacht

Winter

Fahrt mit dem Schlitten

Morgen wolln wir Schlitten fahren,
morgen um halb neune
spann ich meine Schimmel ein,
fahr ich ganz alleine.
Ganz alleine fahr ich nit,
da nehm ich meine Gretel mit.

Am warmen Ofen

Wenn in der Kälte Groß und Klein
mit roter Nas spazieren,
dann ruft der Ofen: »Kommt herein,
ihr sollt nicht lange frieren!«

Gustav Falke

H231 Puppenmütterchen

Schlafe, mein Püppelein

Jetzo, mein Püppelein,
sing ich dich ein.
Draußen, da ist es kalt,
ist beschneit Feld und Wald.
Aber in deinem Bett
liegt es sich nett.

Schlafe, mein Püppelein,
schlafe nun ein!
Tu nun die Augen zu,
schlaf nun in guter Ruh!
Schnell ist ja hin die Nacht,
eh wirs gedacht.

Morgen schon früh um acht
sind wir erwacht,
wünsch ich dir gute Zeit,
zieh ich dir an dein Kleid,
nimmst du das Süppelein
froh mit mir ein.

Heinrich Hoffmann von Fallersleben

H264 Ski Heil!

Ein Lied hinterm Ofen zu singen

Der Winter ist ein rechter Mann,
kernfest und auf die Dauer;
sein Fleisch fühlt sich wie Eisen an.
Er scheut nicht süß und sauer.

War je ein Mann gesund wie er?
Er krankt und kränkelt nimmer,
er trotzt der Kälte wie ein Bär
und schläft im kalten Zimmer.

Er zieht sein Hemd im Freien an
und lässts nicht vorher wärmen.
Und spottet über Fluss im Zahn
und Grimmen in Gedärmen.

Aus Blumen und aus Vogelsang
weiß er sich nichts zu machen,
hasst warmen Drang und warmen Klang
und alle warmen Sachen.

Doch wenn die Füchse bellen sehr,
wenns Holz im Ofen knittert
und um den Ofen Knecht und Herr
die Hände reibt und zittert;

wenn Stein und Bein vor Frost zerbricht
und Teich und Seen krachen;
das klingt ihm gut, das hasst er nicht.
Dann will er sich totlachen.

Sein Schloss von Eis liegt ganz hinaus
beim Nordpol an dem Strande;
doch hat er auch ein Sommerhaus
im lieben Schweizerlande.

Da ist er dann bald dort, bald hier,
gut Regiment zu führen,
und wenn er durchzieht, stehen wir
und sehn ihn an und frieren.

Matthias Claudius

Vom argen Wind und vom armen Nussbaum

Meine lieben Kinder,
draußen ist der Winter;
draußen weht ein arger Wind,
von dem lasst euch erzählen geschwind!
Der mochte den Nussbaum nicht leiden
und blies ihn an von allen Seiten,
sodass es ihn gefroren
und er alle Blätter verloren.
Drauf hat er ihn so angebrummt,
als wie der Märtel, in Pelz vermummt.
Der Baum ist so erschrocken darüber,
dass er bekommen ein arges Fieber.
Das hat ihn jämmerlich gerüttelt
und ihn an Armen und Beinen geschüttelt,
und hätt er nicht so fest gewurzelt,
er wäre selber umgepurzelt.
Da fiel ein Nüsslein, dort eine Nuss,
bis drunten lag ein Überfluss.

Und er da stund so kahl und nackend
als wie im Wasser ein Fröschlein quackend.
Drauf hat der Wind zum Baum gesprochen:
Jetzt darfst du ruhen zwanzig Wochen,
derweil auch unter der weißen Decken
deine müden Glieder ausstrecken
und mit allen andern Bäumen
von Ostern und von Pfingsten träumen.
Drauf ist der zornige Wind verstummt
und hat nicht mehr so wild gebrummt.
Der Baum ist unterdes eingeschlafen
und hat geträumt von den Wolkenschafen,
von den schönen Blumen und Blättern und Blüten
und war in seinem Sinn zufrieden.
Derweil ist das Christkindlein kommen
und hat die Nüsse mitgenommen;
und hängt sie, geziert mit goldigem Schaum,
den frommen Kindern an den Weihnachtsbaum;
und dem Baum bringts für die Sommerzeit
ein weißes und ein grünes Kleid;
und mit Duft verstopft es die Nasen
dem Wind, dass er nimmer kann blasen.

Friedrich Güll

H661 Januar

H411 O, du fröhliche

O Jesulein, o heil'ger Christ

O Jesulein, o heil'ger Christ!
Sohn Gottes, in dem Stall geboren,
ein jedes Herz voll Jubel ist,
er dringet zu des Himmels Toren!
In unser Lied stimm alles ein
aus voller Brust, mit Mund und Herzen,
die Eltern all, die Engelein,
und flimmernd auch die Weihnachtskerzen.

Isabella Braun

O du fröhliche

O du fröhliche, o du selige,
gnadenbringende Weihnachtszeit!
Welt ging verloren, Christ ist geboren:
Freue, freue dich, o Christenheit!

Johann Daniel Falk/Heinrich Holzschuher

Dort hoch auf dem Berge

Dort hoch auf dem Berge,
da wehet der Wind,
da sitzt die Frau Maria
und wieget ihr Kind.
Sie wiegt es mit ihrer schneeweißen Hand
und braucht dazu kein Wiegenband.
Schlaf ein, schlaf ein,
lieb Kindelein.

Gelobet sei Maria

Ich wollt' mich zur lieben Maria vermieten,
ich sollt' ihr Kindlein helfen wiegen;
sie führt' mich in ihr Kämmerlein,
da waren die lieben Engelein,
die sangen alle Gloria,
gelobet sei Maria!

H434 Die Freude der Weihnacht

H418 Engel mit Christbaum

Das Weihnachtsbäumlein

Es war einmal ein Tännelein,
mit braunen Kuchenherzlein
und Glitzergold und Äpflein fein
und vielen bunten Kerzlein:
Das war am Weihnachtsfest so grün,
als fing es eben an zu blühn.

Doch nach nicht gar zu langer Zeit,
da stands im Garten unten,
und seine ganze Herrlichkeit
war, ach, dahingeschwunden.
Die grünen Nadeln warn verdorrt,
die Herzlein und die Kerzlein fort.

Bis eines Tags der Gärtner kam,
den fror zu Haus im Dunkeln,
und es in seinen Ofen nahm –
hei! tats da sprühn und funkeln!
Und flammte jubelnd himmelwärts
in hundert Flämmlein an Gottes Herz.

Christian Morgenstern

Weihnachten in der Speisekammer

Unter der Türschwelle war ein kleines Loch. Dahinter saß die Maus Kiek und wartete.

Sie wartete, bis der Hausherr die Stiefel aus- und die Uhr aufgezogen hatte; sie wartete, bis die Mutter ihr Schlüsselkörbchen auf den Nachttisch gestellt und die schlafenden Kinder noch einmal zugedeckt hatte; sie wartete auch noch, als alles dunkel war und tiefe Stille im Hause herrschte. Dann ging sie.

Bald wurde es in der Speisekammer lebendig. Kiek hatte die ganze Mäusefamilie benachrichtigt. Da kam Miek, die Mäusemutter, mit den fünf Kleinen, und Onkel Grisegrau und Tante Fellchen stellten sich auch ein.

»Frauchen, hier ist etwas Weiches, Süßes«, sagte Kiek leise vom obersten Brett herunter zu Miek, »das ist etwas für die Kinder«, und er teilte von den Mohnspielen aus. »Komm hierher, Grisegrau«, piepste Fellchen, und guckte hinter der Mehltonne vor, »hier gibts Gänsebraten, vorzüglich, sag ich dir, die reine Hafermast; wie Nüsse knuspert sichs.« Grisegrau aber saß in der neuen Kiste in der Ecke, knabberte am Pfefferkuchen und ließ sich nicht stören. Die Mäusekinder balgten sich im Sandkasten und kriegten Mohnspielen. »Papa«, sagte das größte, »meine Zähne sind schon scharf genug, ich möchte lieber knabbern, knabbern hört sich so hübsch an.« »Ja, ja, wir wollen auch lieber knabbern«, sagten alle Mäusekinder, »Mohnspielen sind uns zu matschig«, und bald hörte man sie am Gänsebraten und am Pfefferkuchen. »Verderbt euch nicht

H435 Ein gutes neues Jahr!

den Magen«, rief Fellchen, die Angst hatte, selber nicht genug zu kriegen, »an einem verdorbnen Magen kann man sterben.« Die kleinen Mäuse sahen ihre Tante erschrocken an; sterben wollten sie ganz und gar nicht, das musste schrecklich sein. Vater Kiek beruhigte sie und erzählte ihnen von Gottlieb und Lenchen, die drinnen in ihren Betten lägen und ein hölzernes Pferdchen und eine Puppe im Arm hätten; und dass in der großen Stube ein mächtiger Baum stände mit Lichtern und buntem Flimmerstaat, und dass es in der ganzen Wohnung herrlich nach frischem Kuchen röche, der aber im Glasschrank stände und an den man nicht heran könnte. »Ach«, sagte Fellchen, »erzähle nicht so viel, lass die Kinder lieber essen.« Die aber lachten die Tante mit dem dicken Bauch aus und wollten noch viel mehr wissen, mehr als der gute Kiek selbst wusste. Zuletzt bestanden sie darauf, auch einen Weihnachtsbaum zu haben, und die zärtlichen Mäuseeltern liefen wirklich in die Küche und zerrten einen Ast herbei, der von dem großen Tannenbaum abgeschnitten war. Das gab einen Hauptspaß. Die Mäusekinder quiekten vor Entzücken und fingen an, an dem grünen Tannenholz zu knabbern; das schmeckte aber abscheulich nach Terpentin, und sie ließen es sein und kletterten lieber in dem Ast umher. Schließlich machten sie die ganze Speisekammer zu ihrem Spielplatz. Sie huschten hierhin und dorthin, machten Männchen, lugten neugierig über die Bretter in alle Winkel hinein und spielten Versteck hinter den Gemüsebüchsen und Einmachetöpfen; was sollten sie auch mit dem dummen Weihnachtsbaum, an dem es nichts zu essen gab! Als aber das kleinste ins Pflaumenmus gefallen war und von Mama Miek und Onkel Grisegram abgeleckt werden musste, wurde ihnen das Umhertollen untersagt, und sie mussten wieder artig am Pfefferkuchen knabbern.

Am andern Morgen fand die alte Köchin kopfschüttelnd den Tannenast in der Speisekammer und viele Krümel und noch etwas, was nicht gerade in die Speisekammer gehört, ihr werdet euch schon denken können, was! Als Gottlieb und Lenchen in die Küche kamen, um der alten Marie guten Morgen zu wünschen, zeigte sie ihnen die Bescherung und meinte: »Die haben auch tüchtig Weihnachten gefeiert.« Die Kinder aber tuschelten und lachten und holten einen Blumentopf. Sie pflanzten den Ast hinein und bekränzten ihn mit Zuckerwerk, aufgeknackten Nüssen, Honigkuchen und Speckstückchen. Die alte Marie brummte; da aber die Mutter lachend zuguckte, musste sie schon klein beigeben. Sie stellte alles andre sicher und ließ den kleinen Naschtieren nur ihren Weihnachtsbaum.

Die Kinder aber jubelten, als sie am zweiten Feiertage den Mäusebaum geplündert vorfanden, und hätten gar zu gern auch ein Dankeschön von dem kleinen Volke gehört.

Das aber lag unter der Diele und verdaute. »Den guten Speck vergess ich mein Leblang nicht«, sagte Fellchen, und Grisegrau biss eine mitgebrachte Haselnuss entzwei; Kiek und Miek aber waren besorgt um ihre Kleinen, die hatten zu viel Pfefferkuchen gegessen, und ihr wisst, liebe Kinder, das tut nicht gut!

Paula Dehmel

H495 Mag einer singen oder klagen

Silvester-Rätsel

Ein schneller viergeteilter Wagen
hat auf zwölf Rädern hergetragen
der Frauen zweiundfünfzig an der Zahl.
Der Wagen geht in gleichem Gleise,
steht nimmer still auf seiner Reise,
ist nicht zu lang, zu kurz, zu breit, zu schmal.
Den Wagen ziehn mit stetem Fleiß
sieben Rosse schwarz, sieben Rosse weiß.
Wer deutet mir den Wagen klar?
Ihm schenke Gott ein fröhlich Jahr.
– Ich nannt' ihn schon. Er läuft und kreist,
bis ihn sein Meister stehen heißt.

Nach Reimar Zweter

Zum neuen Jahre

Ein kleines Büblein bin ich,
drum wünsch ich kurz, doch innig,
ein glückliches Neujahr.
Und was euch freut, das weiß ich,
wenn brav ich bin und fleißig,
mehr, als ich sonst es war.
Gesundheit, Freude, Frieden
sei euch von Gott beschieden,
wie heut, so immerdar.

Friedrich Güll

Neujahrswunsch

Das Glück soll dich im neuen Jahr
mit Lächeln stets begleiten,
dir reichen seine Gaben dar,
dir manches Fest bereiten.
Verdruss und Sorge ferne bleib,
Gesundheit stärke deinen Leib,
und was du magst beginnen,
soll alles dir gelingen.

Isabella Braun

H284 Vier Straßensänger

H256 Schwieriger Fall

Der Schnupfen

Ein Schnupfen hockt auf der Terrasse,
auf dass er sich ein Opfer fasse
– und stürzt alsbald mit großem Grimm
auf einen Menschen namens Schrimm.
Paul Schrimm erwidert prompt: »Pitschü!«
und hat ihn drauf bis Montag früh.

Christian Morgenstern

Beim Puppendoktor

Beim Puppendoktor Wunderlich,
da ist es ganz absonderlich.
Der Puppen Heilung ist sein Amt
und wirklich heilt er allesamt!
Auch Traudelchen für ihre Puppe
erhält ein Fläschchen süße Suppe.
Der Rabe krächzt dazu, wie stets,
bald »Wohl bekomms!« und bald »Wie gehts?«.
Er kann nur diese beiden Worte
und braucht sie stets am falschen Orte.
Klein Traudchen wünscht sich rasch nach Haus,
es ist auch alles gar zu kraus.

Christian Morgenstern

H243 Mhm..., wie fein

Iss, mein Kindchen

Fünf Engel haben gesungen,
fünf Engel kommen gesprungen:
Der erste bläst das Feuer an,
der andre stellt das Pfännel dran,
der dritte schütt das Süppchen nein,
der vierte tut brav Zucker drein,
der fünfte sagt: 's ist angericht:
Iss, mein Kindchen, brenn dich nicht.

Mutter, was kochen wir zur Nacht?

Mutter, was kochen wir zur Nacht?
Nudeln, dass es donnert und kracht.
Nudeln, zum Schlapperment!
Nudeln sind angebrennt,
unten und oben ganz schwarz,
isst sie kein Hund und kein' Katz.

Der kleine Hanswurst

Ich komm daher im bunten Kleid
mit meiner Schellenkappe;
statt einem Säbel in der Scheid,
hab ich die Narrenklappe.
Da gibt es Pitsch und gib es Patsch,
wenn sich die Rücken kehren;
da gibt es schallend manchen Klatsch:
Wer will mirs heute wehren?
Ich nehm die Mädels bei dem Schopf,
die Buben bei den Füßen;
ich stell mich selber auf den Kopf,
tu mit den Beinen grüßen;
ich schlage einen Purzelbaum,
tu alle Teller leeren;
ich trink vom Glase weg den Schaum:
Wer will mirs heute wehren?
Ja, nehmt euch alle wohl in Acht!
Ich treibe meine Possen,
und jeder wird dann ausgelacht,
sobald es ihn verdrossen.
Ihr Musikanten, spielet auf
zu einem Tanz in Ehren!
Doch spring ich auf den Tisch hinauf:
Wer will mirs heute wehren?

Isabella Braun

H265 Februar

H346 Viel Glück!/II

Feiertagsfreuden

Kein Festtag ist im ganzen Jahr,
der uns nicht etwas brächte,
und der am meisten Freuden bringt,
der ist für uns der rechte.

Und ist die Fastnacht wieder da,
dann kommt der Gästebitter,
wir gehen dann zum Faschingschmaus
und essen arme Ritter.

Und sind die Ostern wieder da,
dann backt die Mutter Kuchen;
im Garten laufen wir umher,
gehn Ostereier suchen.

Und sind die Pfingsten wieder da,
dann holen wir uns Maien;
wir schmücken Tür und Fenster aus,
und tanzen dann im Freien.

Zuletzt kommt dann die schönste Zeit,
wenn Weihnacht wiederkehret,
und wer dann heuer artig war,
dem wird was einbescheret!

Heinrich Hoffmann von Fallersleben